KB060145

청어詩人選 387

# 거울 속의
# 눈

김정애 시집

청어

# 거울 속의 눈

김정애 시집

그동안 쌓여온 시간들이 문지방을 넘어
세상 밖으로 나아가려 합니다
아껴두었던 내 안의 언어들을 털어놓고
가슴 후련하게 웃어보려 합니다
봄이 가까이 오고 있는지 해가 길어지고 햇볕도 따뜻
합니다
봄을 기다리는 따뜻한 마음으로 자연을 사랑하겠습니다

# 차례

5      시인의 말

## 제1장   철쭉이 지던 날

12     침묵

14     틈

15     철쭉꽃 지던 날

16     거울 속의 눈

18     그대와의 푸르른 날

19     편지

20     기억이 사는 집

22     란(蘭)

23     친구

24     거꾸로 박힌 못

26     중심의 무게

28     퇴근

30     돌아간 그녀

32     비무장 지대

33     능주역

34     구절초는 피었는데

36     그의 부재

## 제2장  눈 내리는 마을

38   어느 자화상

40   꽃이 하는 일

42   폭우

44   해갈(解渴)

45   그림자

46   눈 내리는 날

47   만해 마을에서

48   아버지

50   신발

52   백담사 가는 길

54   유리벽

56   어떤 출구

57   까치

58   비둘기를 보며

# 제3장  길 밖으로

60   주머니

62   귀

64   봄날

65   길 밖으로

66   산

67   산에는

68   마음이 얼어붙다

69   4월

70   폭염

71   능소화

72   목이 없는 나무

74   시간의 굴레

76   담쟁이

77   흑백사진 한 장

78   나의 일상을 모두 알고 계시는 당신

# 제4장 겨울나무

80 가을은

82 끝없이 가면 잎이 나고 꽃이 핀다

84 어둠의 의미

85 국화꽃

86 하늘과 바다

88 봄을 꿈꾸며

89 나무

90 생각의 나무 키우며

91 뿌리

92 내 마음속에는

93 매립지

94 카페인

95 겨울나무

96 사랑

97 접종

98 반려꽃 바이올렛

100 유통기한

# 거울 속의 눈

김정애 시집

# 철쭉이 지던 날

핏빛으로 물들어
앞조차 볼 수 없었던 비명의 순간
흙이 되고 재가 되는 서러움에
뻐꾸기도 목이 메인다

# 침묵

지퍼를 달아놓은 입 없는 가방이 되었어요

입 꼭 다물고 잊으려고 해요
그대라는 무대가 사라진 뒤
설 자리 없어진 무기력한 광대가 되었어요
손짓 발짓으로 설명해도
알아듣지 못하니 허탈합니다
아직 하지 못한 말 남아있는데
어둠 속에 빼앗기고 말았어요

처음과 끝을 돌아보고
줄 서 있는 자리가 어디인가
머리를 굴리고 안경 너머로 살펴봅니다
눈으로 느끼기엔 귀가 먹먹하고
귀로 듣기엔 좀 더 고개를 숙여야 하는
무게가 딸려 오네요
새겨듣지 않으면
남아있는 것이 없다고 화를 내는 사람들
말을 못하는 것이 아니라
꽝 하는 굉음 소리에 속으로 삼켜 버렸어요

잊어버린 그대를 부르며
바퀴 달린 확성기를 돌려봅니다
아직 비켜가지 못한 시간은 멈추어 버리고
소속이 없다고 서 있으면
피에로 흉내를 낸 뒤끝이라고 반박을 해요
조금만 소리를 높이면 터져버릴 것 같아서
입속에서만 우물거린다고 말하고 싶지만
용기가 필요해요
나를 깨트리고 싶어요

# 틈

세상과 밀착되어 살았네
한치의 양보도 없이
밀치고 편가르며 쉬지 못했네
앞도 못 보고 옆도 살피지 못한 채
어둠만 더듬었다네

점점 짧아지는 내 꼬리가 보이네
현실과 나 사이에서
꼬리를 자르고 떠나가는 것들
줄지어 갈 때마다 손 흔들고
내 몸은 날으는 깃털이 되었네
백발 되어 돌아온 거울도 보이네

지금 나 진화하고 있네

# 철쭉꽃 지던 날

철쭉꽃 나무 아래
붉은 주검들이 누워있다

시들어 떨어진 꽃잎은
죽어야만 이름을 불러주던 사람들의
얼굴이 되어 일어선다

핏빛으로 물들어
앞조차 볼 수 없었던 비명의 순간
흙이 되고 재가 되는 서러움에
뻐꾸기도 목이 메인다

악몽을 꿈꾸던 사월의 이승은
젊은 영혼들의 함성이 들려오고
피고 지는 목숨으로 붉다

# 거울 속의 눈

빛이 반짝이던 유리 너머를
의심의 눈초리로 쏘아보곤 했다
뾰족한 것들이 흩어져 있고
부드러운 이파리도 날아다닌다
하루에도 몇 번씩 침범하며 넘보았다
누구에게도 주목받지 못한 그 여자를
뚫어져라 바라보며 빨아들인다

거짓은 부끄러운 꼬리처럼 감추고
겉치레만 웃고 있는 고통스런 슬픈 눈
조금씩 건너뛰어 보이지 않는 빛과
영원 사이를 오고 간다
환상을 숭배하고 자아도취에 목마른
여자들을 안아주고 눈물 닦아준다
버릴 수 있을 만큼 버린 자는 유리벽에 부딪혀도
깨지지 않는 비법을 배운다

어디까지 왔는지 길을 잃었을 때도
또렷한 눈빛으로 친절하게 바로 세워준다
점점 바보가 되어가는 머리 위에
그동안 먹은 쌀밥 무게만큼
이팝나무 꽃이 하얗게 내려앉았다
고인 물 한 방울도 없는 얼굴이 파랗게 웃는다
뒤쪽에 누가 숨어있는지 손으로 만지며
아무도 없는 빈 유리 속으로 들어간다

# 그대와의 푸르른 날

그대 먼 길 떠난 뒤
나는 바다의 섬으로 남았습니다

하얗게 밀려오는 파도
때 없이 돋아나는
해초의 청정함을
막을 수도 없습니다

밀어내고 쓸어안고
잠잠할 날 없는 마음 밭
보내고 또 보내면
생각도 멀어질까요

그대와 푸르른 날
지울 수 없어
썰물에도 씻겨가지 않은
그런 날을 추억하며 삽니다

물 마르고 향기 잃으며
그대 가까이 가고 있는 세월
바다 끝 어딘가에 앉아서
날 기다리고 있는지 그립습니다

# 편지

홈페이지에 사연 남기세요
손편지도 환영합니다
라디오 진행자의 한마디

요즘은 쓸 일도 쓰는 이도 드물다
전화하고, 문자 보내고,
메일을 주고받는, 편리한 세상

기다리는 안타까움도
받을 때의 애틋함도
기억에서 멀어져 간다

보고 싶을 때 그리움도 담아 보냈다
설레고 가슴 뛰던 그날의 속마음
보물로 간직하며 가끔 꺼내본다

색 바랜 글씨는 흐릿해도
사랑이 묻어있는 손편지
그와 나의 소통이었다

# 기억이 사는 집

의자 둘만 엉키어 있다

빈 공간에 흐르는 공기는 무겁고
구석구석 쌓인 시간들은
무릎 꿇고 앉아서 눈을 감는다
상처가 남긴 흔적 희미해지고
용서가 웅크리고 있어 안심이다
한때는 입맛 도는 푸른 잎과
살찐 생선들이 파닥이던 식탁에서
웃음소리는 갈채가 되었다 지금은
고요만 온 집 안을 쓸고 다닌다

자고 나면 빠져나가는 어두움들
방 주인이 하나 둘 떠나버린 뒤
묵은 껍질이 무거워 벗어버리고 싶지만
무디어가는 굴레가 되었다
습관처럼 익숙한 웃음을 흘리며
TV를 보고 지난 시간을 기억하는 것
일과가 끝나고 거실에 앉을 신발의 주인들이
옆구리를 툭 치며 들어온다
까맣게 잊고 있던 지난 일들이

줄줄이 들어와 차례를 기다리며 웃고 있다
축 처진 어깨도 보이지 않는 손이 두드려주고
혼자라는 생각은 밖으로 달아난다
길고 짧은 희비가 꼬리를 물고
머릿속을 두드리며 기억을 깨워준다

# 란(蘭)


눈 뜨는 아침을 열고
먼 기억 속의 얼굴로 찾아왔다
방황을 끝내고 돌아온
순한 눈맞춤으로
가슴 속 깊은 곳까지 적시는
소중한 만남이여

그리운 사람의 미소인 듯
소리 없이 젖어오는 꽃망울에는
영혼을 깨우는 울림이 있고
따스한 체온의 숨결이 있다

보랏빛 향기 속에
그대와 다시 만날 그날이
꿈결처럼 찾아와 꽃대를 세운다

# 친구

아무도 없는 시간
마음을 하얗게 비우고
당신을 기다립니다 그리운 이여

당신을 만나면
세상과 통하는
이치도 배우고
작은 것도 크게 보입니다

상처받고 아파할 때도
연민으로 감싸주시어
자유롭게 날게 하는
눈빛 따뜻한 이여

진흙밭에 미끄러져
진창이 되어도
두 손 내밀어 붙잡아주는,
영원한 그대여

옳은 삶을 지키도록
살피시는 당신은,
나의 친구입니다

# 거꾸로 박힌 못

아무렇게 뱉어놓은 입 속의 이기심
되돌릴 수 없어 뾰족해졌다

너무 멀리 와있어
시작도 끝도 없다며
헝클어지기 시작했다
잡을 수 없어 버림받은 부스러기들은
독한 가시를 품고 끝없이 날아갔다
민들레 홀씨처럼 영역을 넓히며
이곳 저곳 바람을 일으켰다

입이 꽈리처럼 부풀었다
너무 많은 거품을 뿜어 댔기에
아무것도 통과하지 못해서 일그러졌다
앞가림이 서툴러 구멍이 뚫리고
비굴한 반성은 길게 드러누웠다
말로는 단내를 풍기면서
속으로는 생채기를 그어댔다
더 없이 멀어지는 사이, 간극이 뚫리고
길 잃은 풍문이 되돌아와 어딘가 잘못 박혔다
그 앞에 내 앞에 거꾸로 서버린 못 하나

동의하지 않은 말이 날을 세우고
마음속 어딘가에 멍울을 남겼다

# 중심의 무게

오래 앉아있어 옆구리가 중심이 된 여자

어두운 골목길을 홀로 걸어가면
눈여겨보는 이 없는 허리만 옆으로 기울어진다
비틀린 어깨로 허공에 매달려
경계를 넘지 않으려고 춤을 춘다
시간은 자꾸 달아나고
지탱할 힘이 모자라 놓치는 것이 늘어간다
지금껏 달려온 날은 빠르고 가파르다
그날들은 전화기 속에서
울리는 그 목소리 같이 아득하다
벚꽃이 화사하던 그때의 중심은 꼿꼿했다
삼십 년을 앉아서
시간을 녹이며 얻은 것은 통증
셈이 되지 않는 숫자도 떠오른다

중심이 무게를 잃고 경계를 넘어가면
그 끝에는 허리도 옆으로 밀리고
사는 것도 옆으로 기울어진다
어떻게든 주저앉으면 끝이라고
있는 힘 다 모아 경계를 넘지 않는다

허리가 중심인 여자로 거울 앞에서
나의 참모습을 보고 있다

# 퇴근

여기저기 쉼표가 분주하다

붉음이 어둠 속으로 먹혀들어 가는 순간
사람들은 제 갈 길로 영혼을 퍼 나른다

붉게 타들어 가는 서쪽 하늘 끝
느낄 사이도 없이 쌩 하고 장막을 친다
하루가 끝나고 다시 시작으로 가야 하는 나른한 시간
뒷모습만 남기고 사라지는 해의 침묵
뭉클하게 울렁이고 눈물이 씹힌다

순서를 업혀 가며 불빛이 늘어나면
땀내 나는 몸을 이끌고 그림자를 길게 늘이며
집으로 간다

어느 때는 낯선 골목에서 잠시
말 마디를 물어가며 멈칫거리기도 하지만
익숙한 골목길로 빠진다
무거운 발걸음 지척거리며 찾아드는
온종일 그리움의 눈빛이 머물러 있는 곳

네모난 의자의 구속에서 벗어난 자유
쉼이 후 하고 찾아왔다

# 돌아간 그녀

무겁게 가라앉은 마음 밭 한구석에
그 목소리가 고랑을 내고 있다

가끔 찾아와 못 보고 지낸 시간 다 풀어놓고
울고 웃고 시간 가는 줄도 모르고
두어 시간 뒤 집으로 갔다
혼자 있을 때 블랙커피를 마시고
팝송을 들으며 쉼을 찾는다고 고백했다
이제 볼 수 없는 그녀의 수다
어느 바람 속을 떠돌고 있는지

심한 자폐증 아들을 삼십 년 넘게 돌보았다
몸과 마음 여리지만 겉은 강해서 잘 살아내고 있었다
하지만 매일의 줄다리기에 조금씩 지치고 있었다
힘겨운 줄다리기에서 줄을 놓쳐 버리고
그만 주저앉았다
다시 일어서지 못하고 돌아갔다
원래 있던 곳으로 블랙커피 마시고 팝송 들으러 갔다

외로운 싸움 뒤에 갔을 그녀를 생각하면
내 영혼에 싱크홀이 깊게 패였다
격의 없는 사이가 두 동강이 나서
한쪽은 영원으로 돌아가고 남아있는 한쪽은
멍하니 그녀와의 시간을 추억하고 있다

# 비무장 지대

능소화 꽃잎이 탄피처럼 툭 떨어지고
그곳을 지나가는 사람들은
그걸 밟고 가면서도 아무런 아픔도 느끼지 못한다
가슴 깊이 묻어 두었던 약속은
줄기에 매달려 선홍빛으로 떨리고
기다림이 한눈팔 사이도 없이
내 머리 위를 겨누고 있다
피고 지는 싸움은 끝이 없고
쫓겨가는 적군마냥 뒤도 돌아보지 않는다
열기를 식히려는 바람도 불이 붙은 듯
빨갛게 달아오른 꽃잎은 비명도 삼킨 채
하나 둘 낙하를 서두른다
지는 것은 꽃이 아니고 시간이었는지
길고 뜨겁던 하루의 끝도 붉게 물든다
아무도 총 겨누고 누구도 쏘지 않는
총성 없는 늘어진 오후
능소화 꽃 대롱은 소리 없는 싸움으로
술렁거린다

# 능주역

그곳에 내리면 해바라기 꽃이
목적지를 알려준다

이름을 알 수 없는 화가의 그림 해바라기 두 송이
아직 승객의 눈인사도 받지 못했다
한때는 사람들로 북적거렸지만
자가용에 밀리고 도회지로 다 떠난 젊은이들
한산한 멈춤이 지키고 있다
내릴 사람 없어 무심히 스쳐가는 기차
한 사람만 내려도 역 직원 모두가 반긴다
쓸고 닦고 단장하고
누군가를 기다리는 간이역
철길 옆으로 지석천이 흐르고 인심도 흐르는
마을 사람이 다 능주역이다
여행 왔다 풍광에 푹 빠져
터를 잡고 주민이 되는 동네

승객이 뜸해져서 역과 역 사이가 멀어져도
기차는 달린다
달리다 보면 승객이 밀려오고
이 작은 역을 기억하며 정차하는 무궁화호
다시 붐비는 날이 올 것이다

# 구절초는 피었는데

구절초 하얗게 피는 날들이
빗물에 씻기고 바람에 날아간다
남아도는 것은 주름진 시간과
TV 화면 속 고성이 오가고 얼굴 붉어진 사람들의
격한 표정만 남아있다
그들보다 내 얼굴이 더 뜨겁다

하늘 푸르고 햇볕 따뜻한 날
지구의 중심이라는 인간들 일은 뒷전이고
네 편 내 편 갈라져 부딪히고 서로 옳다고
주먹도 쥐고 침 튀기며 남의 탓만 우겨댄다

아껴주고 싶은 마음은 갈대 되어 흔들리고
섬기려고 두 손 모으면 손가락 사이로 빠져나간다
흔들리지 않고 바위처럼 단단한 사이도 깨지고 나면
한순간에 절벽 아래로 낙석 되어 구른다
수없이 무너지고 발등 찍혀도
믿음을 키워 푸른 웃음 지으려 했건만
가시 돋친 말들이 촉을 세운다

구절초 꽃향기 넘실대는 길을 걸으면
잠시 밝아지는 백색의 꽃바람
한 다발 꺾어서 폐허가 되어가는 진흙밭에 꽂아주면
그들 머리에도 허연 구절초 꽃 피어나려나

# 그의 부재

집 안과 밖이 중심을 잃었다

빈자리를 남기고 떠난 그에게 한 마디도 못 했다
그 빈자리의 주인이 되어 주위를 지켜야 하는 것이
내 몫이다
갑자기 떠난 그로 인해 집안 모두가 적막이 쌓이고
어두웠다

그는 나를 시험대에 올려놓고 저울질을 하고 채찍을
휘둘렀다
혼자 일어서고 피하고 하나씩 세상을 알아갔다
조금씩 중심이 되어갔다, 잘 지내는 시간 사이사이
생각난다
가끔 그리워할 누가 있다는 것
가슴 한쪽에 꽃이 피고 꽃이 진다

# 제2장

# 눈 내리는 마을

욕심을 버리고 비우는 일
쉽지 않았다
이 길을 오르는 순간은
빈 몸이었다

# 어느 자화상

한 번도 웃어보지 못한 얼굴로 웃음을 짓는다

다중 인격자가 되어가는 그 가슴 속 밑바닥에
검붉은 색으로 퇴적한 앙금의 무게는 얼마나 될까
조금씩 미로가 되어가는 그 눈동자를 읽는 것은
숨 고르며 무릎으로 마주 보아야 한다

촘촘했던 그가 헝클어지기 시작한 것은
천둥번개 탓만은 아니었다
되짚어볼 수 없는 지난 흔적들이
그 깊이를 야금야금 먹어치웠던 것이다
흩어지지 않았던 수평의 시간들이
빈 수레에 실려있던 먹구름으로 덮였을 때
세상은 무지개를 볼 수 없다고
눈두덩이 볼록해지도록 눈물을 삼켜야 했다

용서해주고 싶은 양심들이 들끓고 있다
무더위만큼 펄펄 끓는 불도 품고 있다
억눌린 눈초리들이 원성을 높여도
숨 한번 크게 내쉬지 못했었는데
왜 막판에 와서 흰 머리카락을 쥐어뜯고 있는 거야

모든 틈새마다 춤을 추는 바람들이
기억을 다 쓸어가고 있는지 날마다 안개 속에 묻힌다
뇌 속에 저장능력이 느슨해지면
아무도 편집된 기억의 소멸을 모른다
꼭 붙잡고 싶은 사소한 일상들이
지워지지 않는 편견으로 남아서 떠돌고
나뭇잎 물드는 가을이 그를 기다리고 있다

# 꽃이 하는 일

빛바랜 집 안팎을 환하게 색칠해 준다

물 주고 가지 치고 눈인사 수 없이 오갔다
지지대 받쳐주며 그 앞을 오가면
새빨간 제라늄이 눈에 띈다
보라를 흠뻑 입은 수국, 푸른 하늘을 넘나든다
오색으로 변신하며 유혹하는 난타나
눈처럼 하얀 유도화, 그 향기에
아침이 소리 없이 흔들린다
윤기 흐르는 고무나무 사철 푸르게 반짝인다
몇 해를 물만 먹어 치우던 공작 선인장
"너 물값 못하면 퇴출할 거야" 으름장을 놓았다
날 더워지자 한눈판 사이 겁먹은 꽃대에
붉은 기운이 솟아올랐다
예쁘게 단장하고 피어나 물값을 했다
내 눈에서 벗어나지 못한 나만의 꽃

봄 여름 가을 겨울 비좁은 화분 속에서
잔가지 올리고 새싹 키워내 꽃망울 만들고
계절마다 순서 기다려 절정에 이른다
빈집도 지키며 내 발소리 기다리는 내내

아무도 없는 집안을 수런거리며
먼지 털고 꽃가루 날려 꽃 그림을 그린다
시침 뚝 떼고 향기 날리며
맨 앞자리의 기생난이 눈맞춤 한다

# 폭우

죄 많은 어미라며 세상 죄 끌어안고 길바닥을 헤맸다

애지중지하던 큰아들 갑자기 잃은 엄마
음식도 안 넘어가고 눈물도 나오지 않는다고 했다
모든 것 내려놓고 체념 속에 살았을 속마음
그렇게 조금씩 무너져 내렸고
다섯 달 뒤 아들 뒤를 따라나섰다
뒤도 돌아보지 않고 한달음에 가셨다

돌아가신 삼 일 내내, 동네가 다 울었다
우리는 빗물과 눈물 속에 숨을 쉬었다
묫자리를 파낼 수 없을 정도로 쏟아부었다
하늘에 구멍이 뚫린 거라고, 발도 푹푹 빠졌다
결국 돌멩이 주워다 깔고 맨땅에 묘를 썼다
빗물에 떠내려갈까 지붕을 만들어 비를 막았다

봉분이 마무리되고 지상에서 엄마 모습 지워지자
비가 뚝 그쳤다 하늘의 구름도 걷혔다
가슴에 품었던 애끓는 마음 풀어놓고
가벼운 걸음으로 아들 만나러 가셨다

장대비가 내리는 날이면
기억의 저편에서 나에게로 오시는 엄마

# 해갈(解渴)


나도 가물었었다

지붕에 떨어지는 빗소리에
온몸이 서늘해지고 푹 젖는다

하늘이 물꼬를 열어주었다
목이 타고 애가 탔는데
나무도 꽃도 푸성귀도 길가에 풀잎까지
우우 일어나 물 만난 고기처럼 파닥거린다

가뭄으로 갈라진 땅
일어서지 못하던 벼도 힘을 얻는다
땅 위의 모든 생물이 새로 태어난 듯
가벼워진 몸짓으로 흔들린다

우산 받쳐 들고 옷 다 젖어도 불만이 없다
참 오랜만에 머리부터 발끝까지 먼지 털고
걱정까지 다 털어냈다

# 그림자

어둠 속에서부터 밀당이 시작되었다

불빛 아래로 나오는 순간
검은 망토를 두르고 나를 덮쳤다
주위를 맴돌다 가는 길을 앞지르고
가로등을 피해 뒤로 숨어버린다
길잡이가 되어 늘렸다 줄였다
기척도 없이 앞뒤를 넘나든다

길게 늘어진 큰 키에 움찔하고
아무도 없는 밤길에 쫓기듯
밀착된 한걸음이 반전의 시작이다
밤길을 걸을 때마다 추격전이 되어
그렇게 한참을 서로 경쟁하며
집안으로 들어서면 감쪽같이 사라진다

천장에서 쏘아대는 형광등 빛을 피해
내 발밑 어딘가로 자취를 감추었다
집요한 나의 나는 동침을 하고
매일 밤 나에게로 와서
가는 길을 앞지르며 나를 세워준다

# 눈 내리는 날

밤새 뒤척이며
잠이 오지 않은 것은
소리 없이
눈이 내리고 있었던 거야

창밖의 세상은
하얀 종이 위에
멋대로 그린 그림이었어

그 속에서 꿈을 꾸고
희망이 자라는 것은

온 천지에
마음에 드는 그림 하나쯤
그려볼 수 있음이야

# 만해 마을에서

작은 별이었다

눈은 빛나고
표정과 미소가 닮았다

뜨거운 가슴에
열정 하나
아름다운 소통이 오가고

주인은 보이지 않으나
객이 반가워
가랑비도 옷깃을 적신다

주인 없는 하루해는 짧아서
강물 위에 무지개가 붙잡는다
어디에 머물러 빈자리를 채울 것인가
넉넉한 어울림이 있어 포근하고
모두를 축복하는 박수 소리 울린다

# 아버지

논 한 뼘, 밭 한 뙈기 없는 살림
어머니가 가장이셨다

논밭 일도 남의 집 일도
해보신 적 없었다
자전거로 가끔 어머니 일 도우시는 것 외엔
낚시를 즐겨 하시며 노래도 불렀다
옷차림 말끔히 차리시고
막걸리 한잔에 두만강을 부르시던 아버지
어머니의 고된 삶은 아버지 탓이며 몫이었다
직업도 땅도 없는 농촌살이
무능하게 세월 보내시는 것이
편하기만 하셨을까
어머니와 자식들 눈치 보시며
억눌린 가슴이 답답도 하셨으리라
노래 부르시던 목소리에서 아픔이 묻어나고
낚시하실 때의 옆모습이
내 눈에 쓸쓸하게 보이셨다

나이 드신 후에야
구멍가게 차리시고 제자리를 찾으셨다
젊어서 못 하신 가장 노릇 하시느라
땀 많이 흘리시며 일하시던 모습
그때가 가장 행복해 보이셨다

노년의 짐이 무거우셨는지
마음 고생, 몸 고생 접으시고
칠십둘에 우리 곁을 떠나셨다
오늘따라 아버지의
노랫소리 그립다

# 신발

하얀 남자 고무신을 보면
아버지 생각이 난다
'신발은 나를 담는 그릇이니
깨끗하고 바르게 신어야 한다'
하시며 소중히 하셨다

오늘도 육중한 몸 담고
세상 밖으로 나간다
이백삼십오 밀리에 의지하여
하루 시작부터 해 질 녘까지
내 걸음은 바쁘다

바쁜 나를 주인으로 섬기는 신
구겨 신고 팽개치고 함부로 했다
정갈하게 여기라 하신
아버지 말씀 잊고 살았다

내 걸음 편히 걷게 하고
인격까지도 담아내는 나만의 그릇
아버지의 흰 고무신이
어떤 의미인지 알 것 같다
문밖을 나서기 전 발끝을 살핀다

# 백담사 가는 길

산은 깊고 높아서
잡을 수 없는 바람이었고

계곡을 흐르는 물은
번뇌를 씻으며 오르라 한다

욕심을 버리고 비우는 일
쉽지 않았다
이 길을 오르는 순간은
빈 몸이었다

무소유가 되어보니
도량이 넓어지고
보이는 것은
나무와 바위 물뿐이다

산사를 지키는 소나무도
찾아드는 속세의 중생을 내려보며
도를 닦고 있는 듯

그 앞을 지나는 걸음마다
하늘 아래 먼지이니
걱정 근심 내려놓고
부처를 만나러 산에 오르다

# 유리벽

미닫이 유리문에
파란 테이프로 '문'이라고 썼다
문이 닫힌 줄 모르고
머리 디밀다 부딪혀 이마에 혹이 났다

사방은 창, 방음벽
새들이 허공인 줄 알고 날아들다
머리 받혀 상처 나고 죽음에 이른다
그들이 지나칠 수 없는 투명의 벽
사람이 해줄 수 있는 일
'벽'이라 써주자
아니다, 큰 솔개 한 마리 그려 놓자
인간이 날짐승에게 베푸는 사소한 배려

어느 아파트 방음벽에
큰 새를 벽 가득 그려 놓았다
새가 살아 움직이며 눈이 마주친다
다가오는 새 모두 쫓아버린다
이제는 벽을 허물자고 하는 몸짓으로

앞 뒤 양 옆 칸막이한 울 안에서
숨이 막히고 너와 나도 벽이 생긴다
상처 내고 상처받으며 살지 않고
벽 없는 세상에서 사는 날이 오기는 올까

# 어떤 출구

　누가 밀어내지 않았는데도 좁아지는 직선이 가물거린다
한때는 틈도 없이 분주했었다 어깨를 마주하고 걷던 사람
들이 하나둘 뜸해지면서 막히고 있었다 함부로 밟아버리면
끊길 것 같아 까치 발로 숨죽이며 간다 그 많은 사람의 목
쉰 소리는 연기처럼 사라지고 가끔 흩어지는 기침 소리가
전부 다 수없이 드나들던 그 길이 한순간 바람막이도 없
이 휑하니 날아가 버렸다 수소문해 보아도 본 사람이 아무
도 없다

　조금씩 지워져 가는 시장 골목에서 수족관 속 숭어가 물
위로 튀어 오른다 쳇바퀴를 돌리며 매달려 왔지만 아무도
기억하지 못하고 정지되어간다 밀려오는 힘겨루기가 끝난
뒤 비밀이 많을 것 같은 빈 방만 줄지어 서 있다 삭아 없
어진 만큼의 두께를 투명유리로 엮어 빼곡히 쌓인 어둠 속
으로 돌려보낸다 찢어진 천막 조각이 머리 위로 떨어지며
날린다

# 까치

까치가 수상하다

차 밑을 노려보며 울어대는 어미새
그곳에는 겁에 질린 고양이 한 마리
까악 까악 집어삼킬 듯 덤빈다

비바람 세차게 불던 날
까치집이 땅에 떨어졌다
둥지는 망가지고 새끼는 보이지 않는다
어미는 알았다 도둑 맞을 것을
등을 쪼아대며 달려드는 까치를 피해
차 밑으로 피해야 했다
꼭 새끼의 원수를 갚겠노라
며칠째 까치 떼가 고양이를 쫓고 있고
고양이는 차 밑을 벗어나지 못했다

# 비둘기를 보며

한 발로 깡총거리며
먹이를 찾고 있는 비둘기
어쩌다 작은 발을 잃었을까
걱정스레 보았으나
도란도란 두 마리
아무 문제 없어 보인다

사람 사는 세상에서
한발로 산다는 것은
가는 곳마다 장애물에
편견을 견디며
불편한 삶을 살아간다

새들의 세상은 알 수 없지만
평화롭고 자유로워 보인다
우리의 눈높이도 허물고
조금씩 배려하면
저 비둘기의 그 모습으로
살아갈 수 있으려나

# 제3장

## 길 밖으로

한밤의 비바람이
힘에 겨웠나 보다
빈 가지만 남기고 다 털렸다
자목련 가지에 매달린
봄날은 숨이 차다

# 주머니

손으로 더듬어 느낄 수 있다
훈장처럼 달고 다니며
그 속을 채우려고 여기저기
기웃거리고 털털거렸다
내 것은 언제나 작고 좁아서
딸랑 소리만 요란하다

매몰차게 부정해도
매달리고 달라붙어 있다
깨어있는 동안 부풀려
무언가 집어넣고 구겨 넣고, 흐뭇하다
오늘은 애썼다고 손을 넣어 만져본다

많은 날 주머니 채우는 데 허비했다
채워지면 든든해지는 그 마음 알 수 있지만
지금 어느 어두컴컴하고 냄새나는 구석에서는
밥그릇인지 주머니인지 터지도록 밀어 넣어서
밖으로 새어 나와 나 보란 듯 날아다니고 있다
날마다 굴러서 구두 밑에 밟혀 콩가루가 되고 있다
아무도 반기지 않고 눈 찌푸리는
쓰레기통에 들어가기만 기다리고 있는 폐지일 뿐

우리는 한 번도 본 적 없는 검은 손
그들은 무엇을 채우려고
흙탕물 속으로 달려가는지, 궁금하다

# 귀

알고 있나요
귀보다 눈이 더 잘 들려요

진실이라 외치는 당신의 소리
들어줄 귀가 없어요
역전 광장엔 깃발을 앞세운
사람들로 출렁이며
구호 소리에 온몸이 울렁거려요
빨갛게 익어 떨어진 정의를
주워 담지 못하는 당신 떨고 있나요
투명 옷을 입고 구석에 서서
지켜보고 있어요
언젠가 그 소리 들어줄 귀 하나 더
솟아날지 몰라요

지금은 숨조차 죽여야 하는데
억눌린 시계추의 울림소리만
목소리 높이는 당신 같아요
귀 열어놓고 큰소리로 외쳐봐요
지나가는 사람들의 귓가에
노랫소리로 들려온다면
폭풍의 광장은 고요해지고
나는 투명 옷을 벗어 버리겠어요
그리고 들어줄 귀를 달고
맨 먼저 당신 앞에 서 있을게요

# 봄날

가지치기할 때 몸통만 남기고
잔가지 다 쳐냈다

새살 붙여 겨우 몇 송이 맺혔다
봄맞이하러 나온 꽃봉오리
매무새 다듬고 얼굴 내밀었는데

한밤의 비바람이
힘에 겨웠나 보다
빈 가지만 남기고 다 털렸다
자목련 가지에 매달린
봄날은 숨이 차다

# 길 밖으로

어둠이 깔아놓은 적막이
돌기둥이 되어 길을 막는다
대낮에 걸었던 그 길은
흔적도 없이 지워지고
막혀버린 허공에 숨을 뱉는다
아무리 둘러보아도 길이 없어
나뭇잎처럼 흔들린다
수많은 발걸음이 오고 갔을 뿐 누가
눈앞을 지워버렸는지 알 수 없다
어느 날 집도 나도 잃어버릴 때가 올 테니
주위를 밝히어 집 찾아갈 열쇠라도 찾아야지
하늘 보며 마음 묶어 별을 향해 쏘아 올린다
별똥별이라도 떨어지면 두 손에 받아서
길 찾아 앞을 보며 내 의지를 탐색한다
어둠을 칼로 자르듯 쳐내 버리고
새로운 세상 찾아 길 밖으로 나간다

# 산

말이 없고, 고분고분하지 않으며 냉정하지도 않다

누구라도 받아주지만 아무것도 바라지 않는다

찾아드는 이들, 속 얘기 들어주고 숨차고 목탈 때 물 한 모금

내주는 약수도 있다 올라갈 때 무거웠던 몸과 맘 내려올 때 가볍게 덜어준다

혼자 찾아가도 부딪히는 이들 틈에 끼면 쉬이 친구 될 수 있는 곳

꽃피는 봄날이었다가 푸른 청춘인가 하면 어느새 붉은 단풍 지고 눈 내린다

만년이 가도 변함없이 그 자리에서 우리의 발소리에 귀 기울여주는 편안하고

아름다운 오늘도 내일도 가고 싶은 나의 쉼터 나의 친구

# 산에는

넓은 가슴 그 안에 그 안에 산벚나무도 있다

겨울이 몸 풀고 계곡으로 내려오면 도롱뇽 올챙이도 꼬물거린다

꽃샘추위 물러가면 산에는 풍요가 시작된다 야생화가 피고 싹이 나고 사방은 경이롭고 희망이다 있어야 할 곳에 때맞추어 제 몫을 하는 나무와 풀꽃 사랑을 품고 옆을 돌아보고 앞도 살펴보았는지 꽃을 보며 자연을 생각한다 언제나 나를 새롭게 하는 숲 내 몸도 산 닮아 여기저기 잎이 나고 꽃이 피고 푸르게 들썩인다

# 마음이 얼어붙다

바람이 차고 맵다 꽃눈에 생채기 날까 걱정스럽고 도롱
뇽알 개구리알 궁금하여 산에 오르다 살얼음 녹지 않은 계
곡 올에 개구리 둥둥 떠 있다 꼬물대는 올챙이 볼 수 없을
것 같은 불길한 예감이다 삼월의 맹 추위 기상 이변으로
지구가 아프다 편리를 위한 문명이 순리를 거스르고 자연
을 망쳤다 숨 쉬고 살아가기 힘이 드는 사람 동물 자연…
하나 둘 멸종 되어가는 생명의 고리 그 목숨 살릴 수 있는
답 알지 못해 미안하고 미안하다 내 탓이다 말도 못하고
마음만 얼어붙다

# 4월

푸른 도깨비방망이라도 흔들어야겠다
불을 꺼야 하는지 현기증이 난다
비 내린 뒤 제 모습 드러내고
붉은 기운 들끓어올라
얼굴이 후끈거린다
모두 깨어나 이 계절 다 태우려고
우르르 솟아올라 터졌다
천지가 뜨거운 것이 한바탕
땅이 울리고 천둥이 내리치면
누가 먼저일까 앞다투어 속내 보이고
진한 날숨의 의미 깨달아지니
떨어지고 밟혀도
불타는 마음 꼭 붙들고 있어
모란은 향기를 삼켰다

곳곳마다 미풍 불어와
초록이 영역을 넓히고 붉음에 대한 선을 긋는다
다 타버릴 것 같은 시간들
매달아 둘 수 없는 약속이 지나간다

# 폭염

태양열이 되어 끓고 있다 머리 위에서
그늘이 될 아무것도 없다
더위에 노출된 인내심만 39도를 오르내린다
모래바람도 낙타도 떠난 열도
색색의 헝겊만 널려있고
바람개비를 돌리자 부스러기들이
손가락 사이로 빠져나간다
옷에서 떨어지는 먼지와
천장에서 내려오는 빛으로
사막의 오후가 된다
달아나고 싶어 소등을 시작하면 숨 막히는 어둠
켰다 끄고 다시 불을 켜면
주황 노랑 LED등이 다 내게로 쏠린다
빠져나갈 출구조차 불빛에 타고 있다
백십 년 만에 찾아온 더위에 목이 타고
땅 위의 모든 것이 목마르다

# 능소화

오롯한 주홍으로 나를 불러 세웠다

7월의 열기처럼 후끈한 입술들
안경 너머 희미한 속눈썹으로 마주 보았다
그 꽃 옆에서 상처받았다
그래도 눈이 가고 마음까지 빼앗겼다

화려하게 부르다가 툭 온몸을 던지며 신음한다
풀밭에 떨어진 꽃잎, 생기 잃으며
지혈 받은 핏빛으로 널려있다

열렬한 그들만의 어울림 속에
숨도 고르지 못하고 꽃을 빚어내고 있다
앞다투어 피어나고
서열이 기다리고 있으니 떠밀려 낙하하고
지는 꽃으로 남아서 내 눈 속에 주홍으로 물든다

# 목이 없는 나무

그 나무를 없애 버리자고 모의했다

겨우내 뿌리로부터 끌어올린 힘으로
꽃망울 하얗게 터트렸지만
절정에 이르기도 전 잘라 버렸다
누렇게 변해가는 처음과는 너무 다른
행색이 말썽이었다
지나는 이의 머리 위에 떨어지기도 하고
신발에 밟히는 느낌이 눈총의 시작이었다

가지 잘리고 몸통도 반토막이다
수십 년을 봄을 위해 몸집을 키웠다
이층 높이까지 올라 온 동네 내려다보며
가지를 흔들었으니 눈 밖에 난 것이다
사람도 구린내 풍기고 명세서에 오타가 줄 서있으면
곧바로 나무 자르듯 잘리고
수습할 시간도 없이 길 밖으로 내몰린다

나무 밑에 전기톱과 사람들이 모여있고
꽃망울은 사정없이 떨어지고
인정도 땅에 떨어졌다
가차 없이 싹둑 잘려 나간 몸체
버림받고 장승처럼 서있다
잠깐 눈앞을 밝혔던 목련은 떠나고 없다

# 시간의 굴레

시간의 각도를 재고 있습니다
빛의 중심을 통과할 때마다
느리게 움직이는 눈꺼풀이 무겁고
쌓이는 높이보다 짧아지는 길이가 무겁습니다

초침과 분침의 경계를 정리하고
하루를 떠넘기려는 늦은 밤
백지장이 되어가는 연민의 무게가
점점 얇아지는 곳에 주저앉고 말았습니다
벗어나지 못하고 갇혀버린 순간
잠적하지 않은 기억을 개켜가며
낯익은 주름살을 새어봅니다

나를 가두었던 시간을 접어서
망설임 끝에 버렸습니다
가로지르는 여유 뒤에 숨겨놓은 하얀 웃음
어둠이 멀어질수록 가슴이 진득해집니다

놓치고 싶지 않은 수많은 얼굴이
초침 소리에 묻어옵니다
친구 되어 어우러지면 자유가 뭉쳐질지 누가 압니까
박하향 넘치는 한마디 들려 옵니다
잘했습니다

# 담쟁이

한치라도 놓칠까 긴장하며
휴식도 없이 줄기 세운다

여름이 가기 전
저 높은 담의 벽을 넘어야 하는
숙명의 질주
뜨거운 소음 속
행군의 속도는 빠르게 깊게
아름다운 역동이여

더 높은 곳을 향하여
손짓하며 벽을 붙잡는 푸른 손
너의 줄기 딛고 올라가는
나의 용기 푸르게 달린다

# 흑백사진 한 장

51년 전 4학년 3반
가을소풍 사진 한 장
너무 작아서 잘 보이지 않아도
새 옷에 새 신발, 모두 예쁘다
돌아올 수 없는 그날

보고 싶어 만나보면
단발머리 간데없고
서리꽃 내려앉은 머리
주름진 얼굴 낯설어도
내 친구여서 반갑다

흑백사진 돌려보며
웃음꽃 피고
때 끼고 얼룩진 세월 잊게 하는
다시 돌아가고 싶은 행복한 재회

# 나의 일상을 모두 알고 계시는 당신

어둠이 가고
새 아침이 옵니다
그 시작부터
자유와 평화도 만나고
온갖 비바람 맞으며
용서와 화해도 배웁니다
영악하게 살고자 하면
당신은 새 마음 열어 주시고
허탈한 웃음도 지어 주십니다

나의 일상을 모두 알고 계시는 당신
땀 흘리는 하루를 보내고 어둠이 지나면
환한 아침을 선물로 주십니다

하루를 보내고
내일을 준비하는 고요의 순간
내 묵상의 진실과 오늘이
내 생애,
가장 좋은 날이라고
날마다 고백하게 하소서

# 제4장

# 겨울나무

바람의 성화에 오던 길 잃어버리고
가는 길만 타박하는 건망증이 와버렸다
가는 길 제대로 가야만 오는 길 알 수 있다는 걸
아직 잘 모르나 보다
끝없이 가면 잎이 나고 꽃이 핀다는 걸 안다

# 가을은

미끄럼틀 위에서 주르륵 내려오는
아이들 웃음소리
그 아이들 따라 내 마음도
그 옛날 속으로 미끄러진다
속도를 내어 내려가면
청군 백군 외치던 응원소리 들려온다
그때는 푸르고 하늘은 더 푸르렀는데
줄다리기하다 놓쳐 버린 그 시간은 없다
너무 작아진 운동장에 서 있는 나
내게도 가을이 오고 있음이다

산등성이 위에 멍이 든 구름이 떠간다
멍이 들기까지 천둥 번개 수없이 오가고
바람은 얼마나 얽히고 긁혔을까
내 영혼까지 스치고 지나갔는지
머릿속은 텅 비어 스펀지처럼 가볍다
숭숭 뚫린 그물 사이로 바람이 인다
더딘 걸음으로 찾아낸 내 자리엔
잘 차오른 낮달이 떠있다

가을이 익어가는 따끈한 오후
등 뒤를 따라오는 햇볕의 무한으로
나도 여물어가고 있다는 걸 알았다
세상 모두 익어가는 지금이 더 없이 귀하다

# 끝없이 가면 잎이 나고 꽃이 핀다

잘 익었어
노랗고 빨갛게
땅에 떨어져 밟히는 날
생의 시작인 거야
철심을 박고 대못을 쳐도
가을볕에 농익으면 날리고 싶어
중심을 주체 못 하고 추락을 서두른다
여름의 큰바람에도 끄떡없이
제자리 지키며 눈 감고 있더니
요 며칠 사이 산과 들이 열병에 걸렸는지
벌겋게 열 오른 작은 손을 흔든다
온몸을 다해 잡아보려 했다
넓고 푸르던 그늘은 붉은 숲이 되어 떠다닌다

바람의 성화에 오던 길 잃어버리고
가는 길만 타박하는 건망증이 와버렸다
가는 길 제대로 가야만 오는 길 알 수 있다는 걸
아직 잘 모르나 보다
끝없이 가면 잎이 나고 꽃이 핀다는 걸 안다

바람이 휩쓸고 간 허공엔
수평의 전깃줄이 큰 소리로 울며 흔들린다
붉게 물들어 떨어진 스산한 오후
세상 모두 제자리 찾느라 빙빙 돈다

# 어둠의 의미

스물네 시간을 자로 재고 자르며
한 땀 한 땀 짜 맞추는 노동 끝에
파김치 되어 찾아온 두 손과 발의 감각
누구라도 느낌의 온도는 다르지만 뜨겁다

날마다 마주 보던 얼굴들이 필름처럼 돌아가고
초침을 밀고 당기며
숨 가쁘게 돌아가는 시계 소리
그 소리에 놀라 내 심장도 뛴다

그림자도 없이 일에 쫓기다 해가 저물고
낮에는 감추고 싶은 허물
밤 되면 잊고 마는 건망증이 시작된다
돌고 돌아서 제자리에 앉으면
비로소 보이는 투명 인간의 정체가 서성인다

열두 시가 가까이 온다
그 끝에 어둠이
내 휴식 속으로 들어왔다
집안 가득 고요를 꽃처럼 심는다

# 국화꽃

찬바람 속에서
가을을 파는 이가 있다
이천 원 주고 한 다발 샀다

향기와 함께 따라온 국화송이
빈 집의 적막이
노랗게 피어나 밝아진다

환해진 마음과 집
봄부터 다른 이가 키워낸
나의 위로다

가을이 머무는 공간
노란 향기 속에 기쁨이겠다
이천 원의 행복이다

# 하늘과 바다

가장 높은 곳과
낮은 곳이 닮았습니다

하늘은 푸름을 지키기 위해
가진 것 다 내어주고
바다는 푸르기 위해
모든 것을 받아들인다고 합니다

버리고 비워보아도
왜 허기만 느껴질까요
채워지지 않는 욕심으로
얻은 것은 얼룩진 오늘입니다
눈 가리고 살았으니
올바로 볼 수 없었습니다

나는 나를 다시 보고
눈을 뜹니다
하늘 알아보는 눈 있어 다행입니다
물고기 품고 사는 바다 있어
오늘을 살아갑니다

아낌없이 주는 사랑에
더 푸르고 기름진 밭이 되어
수많은 생명을 잉태합니다
넓은 마음으로
내려다 보는 하늘, 맑음입니다

# 봄을 꿈꾸며

봄부터 달려온 시간의 벽
흔들리는 바람이었다
비 내리면 비에 젖고
가을에는 물들이며
해를 따라 흔들렸다

뒤돌아보는 시간 길어진 요즘
수고함도 없이 거둘 것만 생각하는지
단풍 든 산과 들 바라보며
아름답게 나이 들어가는지 자연에게 묻는다

은빛으로 물들어가는 내 머릿결
서리꽃에 시들지 않으려고
깊이 뿌리 내리며
겨울 채비를 한다

고목 나무에도 꽃이 피는
봄을 꿈꾸며

# 나무

일 년 이 년 삼 년…
마른 땅에 뿌리 내렸다
푸른 잎과 열매 얻기 위하여
처음 땅맛을 알았던 자리
떠나지 못한다

비 바람 천둥 번개 맞으며
가지 부러지는 수모 당해도
요동하지 않고 지켰다

삶의 무게를 버릴 수도
벗어날 수도 없는 일이다

흔들림 없이
하늘 아래 나무로 사는 것
변함없이 햇볕과 물로 목을 축이며
옥토에 뿌리를 깊이 내리는 일이다

# 생각의 나무 키우며

시를 쓰려는 나의 언어가
산기슭 풀잎에 앉아
한 마디 두 마디 주워 담는다

사방은 갈잎 바람 솔 냄새
생각의 나무 키우고

칡넝쿨 엉킨 매듭 사이
작은 꽃 피어나는 설레임

목마른 기다림 속
샘물처럼 솟아오르는 가슴의 소리
멈출 수 없는 내 언어의 반란

한 소절의 외마디가
천둥 되어 메아리 친다

# 뿌리

내 몸을 지탱해 온 일부분이
반란을 일으켰다

어금니가 뿌리까지 썩어서 뽑아야 한다
치과 멀리하고 잇몸 관리 소홀했으며
이가 상하는 줄도 모르고 시간을 허비했다

한눈파는 사이
흔들리고 삐걱거리어 보내야 하는 것
어금니뿐이 아니다

마음의 집인 전체도
중심 잃고 무너지면
뿌리째 뽑히어
되돌릴 수 없다

제 모습 제 자리 지키며
뿌리로 사는 것
몸살을 앓으며 시련을 겪는다

# 내 마음속에는

소나무 숲 속
풀꽃 사이
작은 연못 하나 있다

소낙비 내리면
물보라 일으키고
물방개도 헤엄친다

연잎을 띄워 꽃 피우고
오고 가는 사람에게
향기도 품어준다

구름 한 점 없는 날엔
푸른 하늘 담아서
조각배 띄우리라

어머니의 마음으로
정성을 다하면
송사리와 버들치도 찾아오겠지

# 매립지

우리가 먹고 쓰다 버린 것의 무덤
쓸모없는 쓰레기에게도 좋았던 때는 있었다
내가 아끼고 사랑했던 어떤 것의 껍질일 수도 있고
아님 알맹이가 휩쓸려 갔는지도 모른다
내 몸에서 떨어진 부스러기도 흘러 들어가
냄새를 풍기고 있는지 알 수 없다
수명을 다한 내 머리카락도 딸려 들어가
어느 숨구멍을 막아 버렸는지 어둡고 답답하다
무덤 속은 숨을 쉴 수도 꿈을 꿀 수도 없다
그 많은 것을 품고 있는 속사정은 포화상태
숨통 터져 밖으로 나온 것은 향기 아닌 악취였다

많은 시간의 기다림이 시작되었다
숙성의 침묵이 흐른 뒤
우리가 버린 것의 진실은 변할 수 있다는 것
많은 이의 수고와 아름다운 생각이 보이고
악취가 향기로 꽃과 나비와 꿈의 정원이 되다
수만 평의 버림 받은 땅은 오색으로 물들이고
물들고 싶은 사람들이 구름처럼 몰려온다

# 카페인

잠에서 쫓겨났다

늦은 시간 커피 한잔
달콤함에 망설임 없이 마셨다

깊은 잠에 빠져 있어야 할 시간
진한 커피 맛에 잠을 빼앗기고
정신까지 희미해진다
밤새 거꾸로 매달고
점점 미로 속에 갇혀 밤이 길어진다

어느 열대의 나라에서 고된 노동으로 얻은 콩
언제부터인가 우리 것이 되어
너도 나도 종이컵에 한 잔
누구 만나면 또 한잔 인사치레가 되었다

한집 건너 커피 전문점
빈자리가 없는 아메리카노의 사랑
카페인의 마법에 걸린 사람이 너무 많다
잠 못 드는 것은 나만의 일인가
달콤쌉쌀함에 올인하여 날이 새고 있다

# 겨울나무

하늘 다 덮으려 애쓰던 잎,
지니고 누렸던 것 내려놓은 뒤
알몸으로 서 있다
검은 먼지를 쓰고 내몰려도
두렵지도 부끄럽지도 않은 여유
보이지 않아도 보인다

버리고 비운 자리에 남겨진
꽃눈, 싹눈, 다독이는 시작은 맵다
다음 생(生) 이어갈 꽃망울 빚어
봄 찾아갈 희망으로
엄동을 참아내는 것이다

추위에 부대끼고 아파하는 것
나무만이 아니다
만물이 겪으며 성장한다

긴 겨울 뒤
빛나는 봄이 온다고
빈가지 흔들며 노래하는
겨울나무

# 사랑

굴리고
어루만지고
다듬어도 모양이 없다

시간을 헤아리고
가슴 속까지 다 내어주는
무채색의 굴레

많은 것 잃어도
공허하지 않은 뿌듯함
그 숭고한 인내

이른 봄 솟아나는
새싹의 싱그러움보다
향긋한
사랑의 위대함이여

# 접종

희미한 대기실은 잠잠하고 무표정에 꼭 다문 입
처음 경험하는 생소한 주사에 긴장하여 땀나고 떨린다
갈등과 두려움으로 눈감고 심호흡을 한다

엄숙하리만큼 고요한 의식을 치른다 예약, 체온, 혈압
설문지
상기된 얼굴 마주하던 의사 선생님 웃으며 괜찮다고
한다
내 손 잡아주고 호흡하는 사이 간호사의 순발력으로
아프지 않고 순간 지나갔다 따끔 이거였구나 다른
주사와 똑같구나
코로나와 맞서는 의지가 백신 접종의 시작 1차 2차
3차…
끝없는 행렬이 병원마다 이어지고 있다

# 반려꽃 바이올렛

차례 지낸 후 아침 먹고 다 떠났다
가족이라고 모여도 열한 명, 넷 빠지고 일곱 명이
우르르
나 혼자 덩그러니 남겨두고 빠져나갔다
텅 빈 거실에서 나이 한 살 더 먹었다
나를 지켜주고 친구 해주는 것은 한기를 피해 거실로
옮겨놓은 꽃이다
온종일 내 눈길 따라 환하게 웃어주는 바이올렛

혼자서만 앓고 있는 소심함이 안으로 탑을 쌓고 있다
손바닥으로 가릴 수도 없는 흐린 눈 늘어진 얼굴부터
온몸 다
눈 깜빡하는 사이 원래의 내 모습이 지워지고 있지만
속으로는 영역을 넓히려고 기회만 엿보고 있다

알 수 없는 이별에 발이 묶였다 나의 애착들은 나를 벗
어나려고
밖으로 한 발 내놓고 시간을 재고 있었던 거다
나는 고립되어 가고 어쩌면 구조 요청을 해야 한다
품고 있기엔 버거운 것들이 하나 둘 늘어가고
뒤로 가는 바퀴는 보이지 않는다
가물거리는 상처들만 소용돌이친다
잠깐 웃음 스치는 기억들이 엉키기 전에
사과 한 알 꺼내어 한 입 베어 문다
바이올렛이 보라빛을 띄우며 은은히 다가온다

# 유통기한

냉장고 안에 날짜 지난 봉지들이 뒤척인다
인식표처럼 선명한 날짜들이 눈에 들어온다
식초 식용유 후추 맛술 등은 유통기한 미확인
기한 지난 화장품은 손에 문지르고 지나간다
지나가면 안 되는 것처럼 점검하고 챙겨도
냉장고 구석에서 곰팡이 꽃이 피고
이상한 버섯이 자라고 있는지도 모른다

스스로 무너져 내리고 있지만 내색은 감추고 비켜간다
언제쯤 버려지고 잊혀질지 모르는 막다른 인생들
시간은 되돌릴 수 없고 집을 떠나 요양원에 안치되어
유통기한 기다리는 엄마 아버지
누구나 한번은 넘어가는 길, 좋은 끝이었으면
공산품은 출고되는 날
몇 년 몇 월 며칠 꼬리표가 붙는다
우리는 가는 날이 언제인지 모르기에 오늘도 어제처럼
냉장고 비우면서 또 하루를 보낸다

# 거울 속의 눈

김정애 지음

발행처    도서출판 청어
발행인    이영철
영업      이동호
홍보      천성래
기획      남기환
편집      방세화
디자인    이수빈 | 김영은
제작이사  공병한
인쇄      두리터

등록      1999년 5월 3일
          (제321-3210000251001999000063호)

1판 1쇄 발행  2023년 4월 10일

주소      서울특별시 서초구 남부순환로 364길 8-15 동일빌딩 2층
대표전화  02-586-0477
팩시밀리  0303-0942-0478
홈페이지  www.chungeobook.com
E-mail    ppi20@hanmail.net

ISBN      979-11-6855-140-4(03810)

본 시집의 구성 및 맞춤법, 띄어쓰기는 작가의 의도에 따랐습니다.